爪句

TSUME-KU

@クイズ・ツーリズム
― 鉄道編2

　道内のあちらこちらに出向いてパノラマ写真データを撮っても直ぐに処理する時間が無く、データのままにしてフォルダーに残しておくものがかなりある。旅行から月日が経ち、必要になってパノラマ写真に合成してみると、日時だけの記録ではどこで撮ったのか記憶がはっきりせず、場所の同定に時間を費やす事がある。このような経験が本爪句集のテーマであるクイズ・ツーリズムにつながっている。

　写真の撮影日は記録してあり、その日のおおまかな行動のメモもある。写真の撮影時刻も読み出せる。しかし、その時間にどこで撮影したかは詳細にメモしていない。そこで処理したパノラマ写真から場所の同定作業となる。八雲町で撮影した船揚場の写真から場所の同定作業の例を取り上げてみる。

　同定には八雲の海岸の場所の分かる写真が必要で、これをネットで拾い出して撮影場所と比べる作業は時間と根気がいるだろうし、普通は困難である。この点 Google Map の衛星写真を利用する手があり便利になったものである。写真撮影の時

Google Map より

刻が早朝なので、宿泊ホテル（八雲遊楽亭）の近くだろうと見当をつける。Google Map でホテル近くの揚船場らしい場所を探し出す。自分で撮った全球パノラマ写真を回転させ、衛星写真に写っている構造物と対応させて場所を確認する。この例では陸揚げされた2艘の船まで一致している。

　この同定作業では写真を撮影した時には気にも留めなかった事柄を、旅行後何年かして調べ直している。改めてその場をパソコンを利用して旅行しているみたいである。撮影場所の同定というクイズを解くため、実際には見ていなかった場所も調べてみる事になり、新たな仮想旅行を行ってい

ると言ってもよい。

　あいまい情報でも自分の記憶の断片が場所同定のヒントになっている。本爪句集のテーマである駅のクイズ・ツーリズムでは、このヒントの提示の仕方で容易な問題にも難問にもなる。いずれの場合にせよ問題として出された駅を全球パノラマ写真を頼りに同定しようとする作業は、その駅に関してより理解を深めることになるのは間違いがない。

　この覚え書きを書いているとき、コロナ禍が収まる見通しが立っていない。にもかかわらず「Go To　トラベル」のキャンペーンも始まっている。会合で３密を避けるために on line の利用が拡大している。クイズ・ツーリズムは with コロナの時代に合っているかもしれない。実際の旅行を自粛する代わりにネットを利用してクイズに解答する知的好奇心を満足させながらの疑似列車の旅を楽しめる。ただし「Go To」の目的とする消費行動にはつながらない点があるので、with コロナ時代の消極的鉄道観光旅行ともいえる。

　それにしても北海道の JR の路線と駅はどんどん消えていっている。本爪句集に問題として取り上げた駅でも既に廃駅や信号場への格下げとなってしまったものや、列車が通過する事もなく廃線、

幸漁丸　船名も読み　揚船場

廃駅を待つばかりのものもあ
る。クイズでの駅巡りはもう存
在しない駅巡りになっている場
合もある。空間軸を移動しての
謎解きが時間軸の移動になっているかもしれな
い。年月が経てば本爪句集の駅当てがますます困
難なものになるだろうと、爪句集出版前から予想
している。

XVIII 廃駅

２　車両は　廃駅間近　増車かな

　終着駅で１面のホームに１線で、到着列車は折り返し運転となる。線路の先に時計塔のある駅舎が見える。駅近くにホテルがある。JR北海道が採算性の観点から進めている路線の廃止の最初の例で、駅のある支線が2019年４月に廃止、同時に廃駅となる。（2019・3・10）

1 偶然撮った
ラストランの列車と駅

(2020・4・17)

コロナ禍や　偶然撮りて　ラストラン

　　ホーム1面に1線の駅で、2020年5月に廃線となった路線の終着駅。ダイヤ改正で1日1往復となった時、日本一終発列車の早い駅と宣伝した。最終ランがコロナ禍で2020年4月17日に突如決まり、その日偶然居合わせ駅と列車の空撮写真を撮る。

Ⅰ　始終点駅

2 ホームで目にする
輓馬の像

(2012・5・20)

我が愛車　携行バッグで　車内客

　　乗入2路線の駅で3面5線を有する。橋上駅で
改札口から跨線橋に出てホームに渡る。4代目の現
駅舎はレンガ造りでデザイン賞を受賞している。
ホームに「ばんばの像」が設置されていて、これは
同市で開催されていた「ばんえい競馬」に由来する。

3 ホームで目にする 0キロ標

(2012・8・25)

0キロ標 駅の誇りか 立派なり

乗入路線が3路線の駅で、2面の島式ホームに4線を有している。3路線の一つはこの駅が起点駅でホームに「0キロ標」が設置されている。黒御影石に北海道が模られている。実際の列車の運行はこの駅が発着駅ではなく全て札幌駅発着となる。

4 線路を遮って建つ駅舎

(2012・10・20)

物流の　途絶えた駅に　物見客

かつての物流の拠点駅は観光を主体にした駅に変貌した。島ホーム1面に2線でホームの西に進むと円形の吹き抜けのある駅舎に出る。みどりの窓口と売店がある。市中心部の最寄駅で、海岸の景勝地に行くにはこの駅の東隣の駅からの方が近い。

5 高波被害後路線の
終点となった駅

(2018・4・30)

東行く　列車途絶えて　錆線路

　2015年の高波被害でこの路線の大方は運行できなくなり、この駅が事実上の終着駅となった。写真を撮っている下り方向線路に列車が進入する事はなく、赤く錆びついた線路が東に向かって延びているだけである。駅から先はバスが接続運行する。

6 列車が停車中の貴重な
パノラマ写真の終着駅

(2012・12・12)

拡大で　優駿浪漫　車体文字

　この終着駅に列車が停まっている全球パノラマ写真は片手の数ほどもないだろう。2015年から路線が不通になって、2021年には路線が廃止予定なので、この間に列車が駅で停まっている写真はない。1面のホームに1線で優駿浪漫号の姿がある。

7 当面廃止を免れた臨時的終着駅

(2014・9・6)

バス代行　廃止救いて　終着駅

　1面2線の駅で、廃止予定駅だったところ、2016年の台風被害によりこの駅を含む路線の区間が不通になり、代行バスの運行が開始された。路線の一部復旧後も代行バスの運行が続けられ、この駅が臨時的な終着駅となり、駅廃止は当面免れている。

8 売りの記録を
見つけ出した駅

(2014・4・27)

最端や　有人駅で　記録保持

　鉄道ファンを呼び込もうとして、駅の持っている記録をアピールする。日本の東西南北の最端駅であればそれが駅の売りになる。それを逃しても、有人駅としての最端駅を宣伝する場合もある。1面のホームのこの駅のホーム端に記録看板がある。

9 駅名が変更された
暫定的終着駅

(2013・10・3)

駅名の　変わる工事や　新幹線

　島式ホーム2面に4線の駅である。ホーム間に
跨線橋がある。取材時には北海道新幹線の駅の工
事が行われていて、大きな足場が組まれていた。
新幹線は2016年に開業して駅の名前が変わった。
新幹線の当面の終着駅で在来線とつながっている。

10 キロポスト0の 表示のある駅

(2013・10・4)

キロポスト　ここは0なり　列車止め

　ホーム4面の8線を有するターミナル形式の駅。従って出発列車と到着列車は駅で方向が変わる。このため駅舎に突き当たる線路の端には列車止めがある。乗入路線は1路線であるけれど、この駅が発着の別路線があり実質的に2路線である。

11 アクセスが難しい
信号場になった駅

(2013・10・3)

西の方　名高い山見　列車行く

　　林の中に駅舎だけがあり、周囲に人家が無く、駅
へのアクセスが難しい秘境駅である。線路の西方向
に名高い山が見えている。対面の2面のホームに2
線でホーム間に構内踏切がある。駅舎とホームに階
段がある。2017年に駅は廃止で信号場となる。

12 信号場転換の
波に呑まれた駅

(2014·10·4)

秘境駅 停車風景 今幻

　　国道5号線から西に折れる道の行き止まりに駅がある。駅への道は舗装されておらず、周囲に人家は無く林がある。秘境駅の雰囲気十分である。駅舎の少し高いところにホームがあり2面2線で構内踏切がある。2017年に廃駅で信号場となる。

13 ラストランを
迎えた秘境駅

(2020・4・16)

ラストラン　偶然明日（あす）で　2両なり

　駅は列車以外でのアクセスが難しく秘境駅で知られていた。ホーム1面に1線を有し、線路の北側に木造の駅舎があった。空撮写真に2両連結の列車が見えるのは廃路線目当ての増客対応である。コロナ禍で偶然、撮影翌日がラストランになった。

14 高波被害が放置
されたままの秘境駅

(2019・12・28)

高波後　運行途絶え　秘境駅

　2015 年に発生した高波被害が最も深刻だったこの駅を通過する線路を空から写してみる。確かにこれほど海に近づいて敷設された線路であれば高波被害を被るのは無理もない。被害後復旧はされず、秘境駅ともいわれた駅に列車が来る事はなかった。

15 冠雪の山脈が望める
牧場の中の駅

(2019・12・28)

優駿と　冠雪の山脈(やま)　重ね見る

　　牧場の中にある駅である。駅を通過する列車が運行停止してから長いこと経っていて、再開の見込みはない。列車の窓から優駿を見る列車の旅行は無くなった。空撮写真では積雪の上の影で待合室の存在がわかる。冠雪の山脈の景観が見事である。

16 丸太が客に
見えてくる秘境駅

(2012・12・12)

秘境駅　ひしめく客は　丸太なり

駅のある路線はほとんど海岸沿いに延びていて、そのため 2015 年の高波被害に遭いその後不通になっている。路線は所々で内陸部を通りこの駅もその例である。ホーム 1 面に棒線で、車掌車改造駅舎である。駅前広場は丸太材の置き場になっている。

17 駅の記憶を
　　残している信号場

(2014・6・20)

ルピナスが　駅舎と線路　隔てたり

　　かつての駅が信号場で残った。木造駅舎が残っていて乗降客が通過した出入口の鉄パイプの手すりがホームに面して見えている。駅であった時は1面1線で、そのホームはルピナスの花で覆われ、駅舎の横を走る線路は花に隠されて写らない。

18 「旧」の字のつく
全国唯一の駅の退場

(2014・6・20)

「旧」字付く　駅名消えて　時代なり

棒線が延びる1面のホームに木造小屋の駅舎があった。ホームの傍に踏切があり、乗降客が利用した。駅は2016年に廃駅となる。廃駅によりJR駅に関するある記録が失われた。現役の駅で最初に「旧」の文字の付くのは全国でこの駅だけだった。

19 秘境駅が存続の決め手となった駅

(2013・8・12)

秘境駅　逆手に取りて　生き残り

　　単式ホーム1面に1線の駅で、車掌車改造駅舎がホームに接してある。駅訪問時には駅舎の壁は錆びついていたけれど、その後秘境駅としての観光資源活用も視野に入れて塗装がなされ新しい外観となった。自治体維持管理駅で存続の方向にある。

20 難読で秘境感が増す
秘境駅

(2013・8・12)

難読で 秘境感増す 棒線駅

　JR北海道が単独維持困難として提示している線区にある小駅は、どれも秘境駅が代名詞のようなところがある。読み方も難読のこの駅は1面のホームに棒線が通っている。ホームに接して駅舎がある。線路の東側は鉄道林があり、西側に集落がある。

21 駅名文字を入れ変え
少々難読の駅

(2014・10・3)

「追」が「生」 駅名変えた 駅史あり

　複線が通過する駅でホーム間に構内踏切がある。駅名は少々難読。駅東側の東北方向に駅前通が延びていて、通りを挟んで集落が形成されている。駅の東側の方角に川が流れていて、河口近くに漁港がある。漁業と農業がこの地の産業のようである。

22 玄関の額の
薄れかけた難読駅名

(2013・1・10)

駅名額　読めぬ駅名　薄れおり

　かつては2路線が乗入れた駅であった。そのせいもあってか、駅舎は比較的大きな建物である。単式・島式の2面3線でホーム間に跨線橋がある。駅名は難読で、アイヌ語の地名に漢字を当てはめている。この漢字の当てはめ方は山名にも見られる。

23 廃路線に合わせて消えた難読駅

(2012・9・23)

待合所　線路無くなり　役目終え

　田園地帯を単線が走っている。デッキのホームがありホームの端に小さな赤屋根の駅待合所がある。難読ともいえる駅で、客が期待できない中でも、取材時には待合所の内外の手入れが行き届いていた。廃路線に伴い 2020 年 5 月に駅も廃止された。

24 難読駅名が消えても 残る難読地名

(2012・9・22)

北隣り　終着駅で　直線路

駅は田園地帯にあり、ホーム１面に１線を有していた。ホームは盛土で、線路の東側にある駅舎はホームより低くなっている。地名が駅名となり、地名は河跡が隆起した事を意味するアイヌ語に漢字を当てはめている。2020年５月に廃駅になった。

25 駅名から知る
漢字の読み方

(2013・3・30)

駅名で　漢字の読みを　仕入れたり

　　相対式の２面のホームと２線の乗降客の多い駅である。駅名はアイヌ語の音に漢字を当てはめていて、漢字の２種類ある音読みのあまり耳にしない方が採用されているので難読である。東西にある駅口をつないで透明フードのある自由通路がある。

26 湯桶読みが
難読にしている駅名

(2014・11・8)

時計塔　写真に写り　列車待ち

駅名は最初は正しく読めず難読駅に入る。単式
島式の２面のホームがあり２線で、島式ホームは片
側だけが利用されている。ホーム間を跨線橋がつな
いでいる。駅舎は時計塔のある市の支所と多目的
ホールの建物と共用になっている無人駅である。

27 難読町名に
引きずられた難読駅名

(2013・1・10)

又一つ　難読の駅　消えにけり

　車掌車改造の駅舎に1面のホームと1線があった。駅名の漢字は難読である。難読の駅名のグループに入れて分類していたのに、2020年の3月に廃止となった。北海道のローカル線にはいくつも難読駅があったのに近年急速にその姿を消している。

(2013・1・10)

駅名は　重箱読みと　現地知る

駅名を見て最初は正しく読めないという意味での難読駅である。駅名となった地名は同じ発音で漢字を変えたので、以前の漢字が神社や企業名に使われている。コンパクトな駅舎横に松の木があり、使われる事のなさそうな公衆電話ボックスがある。

29 軍馬像のある駅前広場

(2013・3・14)

蘇る　馬検査所や　難読駅
_{よみがえ}

　駅舎は三角屋根の３棟がつながっていて堂々としている。市の支所との合築で、外観はかつての馬検査所を模しており、駅前広場に軍馬の像がある。島式１面ホームに２線で跨線橋がある。砂浜の中央の意味のアイヌ語に漢字を当てた駅名が難読である。

（2013・3・13）

難読か　判定難で　港町

駅の難読は道民と道外客とではかなり違って判定されるだろう。難読といっても道内で良く見聞きする町なら難読度は薄れる。しかし道内客が最初に目にすれば難読となる場合もあり、この駅もその1例だろう。2面2線でホーム間に跨線橋がある。

31 距離が離れた
ホーム間にある構内踏切

(2013・10・5)

東西に 離れて長き ホームかな

　線路は東西に延びていて、駅の南に海、北は山地となっている。村落は海岸に沿って走る国道の両側にあり、国道から北にずれてある駅周辺には民家はほとんどない。千鳥式ホームの2面2線で、離れて位置するホームは構内踏切でつながっている。

32 貨車改造駅舎のある
見晴らしの良い駅

(2014・10・3)

見晴らしの　良き駅のあり　貨車駅舎

　　対面式の２面のホームを持つ駅でホーム間に構内
踏切がある。駅舎はワム 80000 形貨車を改造したも
のである。簡易委託で駅舎内で乗車券が買える。
駅は少し高いところにあり海方向の見晴らしが良
い。鉄道会社が変わり駅はそのまま引き継がれた。

33 眺めの良い
ホームのある駅

(2014・10・3)

線路から　名峰望めず　曇り空

　　海岸線に沿って直線の線路が南北に延びる。単
式と島式の2面のホームに3線があり、ホーム間は
構内踏切でつながる。西側のホームに接して駅舎が
あり、線路と並行して国道が走っている。東側のホー
ムに立つと海が見え名峰が海を隔てて望める。

34 大きな虹を見た
記憶のある駅

(2014・10・3)

にわかあめ
俄 雨 虹の記憶の 難読駅

　単式ホームと島式ホームの2面のホームに3線
があり、ホーム間は構内踏切で往来する。駅名の
漢字を最初に見ると正確には読めないので難読駅
の部類に入れてもよさそうである。この駅を取材し
た時、俄雨で、大きな虹が出ていたのを覚えている。

35 撮り鉄がカメラを
構えて並んだ駅

(2012・12・13)

撮り鉄が　並んだ駅に　列車来ず

　　島式ホーム1面に2線があり、列車交換可能駅
である。駅舎は線路の東側にあり、島ホームには
駅舎の北にある構内踏切を通って渡る。この駅以
東に列車交換駅が無くこの駅が撮り鉄の集まる
スポットだった。2015年より不通で2021年廃駅予定。

36 雪で埋もれてしまう
構内踏切

(2013・2・8)

踏切や　雪で消えたり　渡り道

　ホームは相対式の２面２線である。千鳥式ホームであり、お互いのホームの端に構内踏切がありホーム間を行き来する。冬は踏切のレールを渡るための枕木の道を積雪が覆い、踏切部分がはっきりしない。この路線で唯一の列車交換可能駅である。

37 乗客の目を惹く
蝶のある駅舎壁

(2014・6・20)

壁の蝶　オオイチモンジ　客目惹き

　ホームに立つと壁に蝶がデザインされた大きな建物が印象的である。図書館やその他の町の施設と駅舎が一緒になっている。壁の蝶はこの地域のシンボルのオオイチモンジ蝶らしい。1面2線で特急が停まり、ホームと駅舎間に構内踏切がある。

38 川がもとになった
地名の駅名

(2014・6・21)

駅名の 「内」の漢字で 川探し

　相対式の2面2線の駅でホーム間に構内踏切がある。デザインが目を惹く駅舎が線路の北側にある。駅の北に小さな集落がある。アイヌ語に漢字を当てはめた地名に含まれる「ナイ（内）」は川を意味している。駅の西側には確かに川が流れている。

39 駅名の鉱物が
枯渇して衰退した地域

(2014・9・6)

駅名の　鉱物枯渇　駅寂れ

　　線路の西に国道、東に大きな川があり、駅舎は
線路の西にある。相対式ホーム2面に2線の駅で、
ホーム間に構内踏切がある。駅名、つまりは地名は
ここで採掘された鉱物に由来している。北から南に
延びてきた線路はこの駅から西の方向に向かう。

40 秘岬(ひこう)近く
　　にある駅

(2014・4・27)

春浅き　三大秘岬　最寄り駅

　三大夜景といった三大何々と格付けが行われる。
三大秘岬（ひこう）というのもあり、その一つの岬
の最寄駅である。2面2線で対面ホーム間に構内踏
切がある。駅舎は線路の西側にあり駅前通りから
道道に出る。秘岬は駅の南方向に位置している。

41 大都会の駅史の
浅い請願駅

（2014・11・8）

青紫色　車体で連想　ラベンダー

　道道と並行して線路が延びており、線路の東側
にデッキのホームと駅待合所がある。駅の東側に大
学、大学校、高校等の文教施設があり、これらの施
設の最寄駅である。請願駅で駅史は浅い。道道と
つながる道路が線路を横切る踏切が駅の南にある。

42 季節限定の
観光客専用の臨時駅

(2014・8・1)

賑わいは　花の季節で　臨時駅

　観光客相手の夏から秋にかけての見晴しの良い臨時駅である。デッキの単式ホーム1面と1線で、待合所は無い。観光列車が停車し、乗降する客は駅から近くの花畑農園に歩いて往復する。シーズンの盛りには、ホームに隣接し物売りの屋台が並ぶ。

43 デッキのホームだけの
駅にある踏切

(2014・8・2)

時刻表 運賃表は デッキ上

　田園地帯の中にデッキのホームだけがあり、1面1線の駅である。線路に沿って駅の南側を国道が走っていても、駅の出入口には回り道をして行く。国道から歩いて行くなら踏切もどきの線路を横切る小道がある。駅付近では線路は南北に延びる。

44 設置された理由を
考えてしまう駅

(2014・6・21)

デッキ駅　ここにある理由（わけ）　推理する

牧草地の中にデッキのホームがあり、棒線が延びている。ホームは線路の東側にあり、駅に接して北側に道路が線路と交差していて踏切がある。線路から周囲を見渡すと農家の建物やビニールハウスが目に付く。ここに駅がある理由を考える。

45 生徒の通学に利用される
　　駅史の浅い駅

(2014・6・21)

踏切や　駅と並びて　中学校

　デッキのホーム1面に棒線が延びている。ホームの上に待合所がある。駅のすぐ東に踏切があり、ここから写真を撮るとホームの南側に大きな建物があるのが分かる。中学校で少し離れて高校もある。生徒の通学のための駅であり、2000年に開業。

46 田園風景が
目に飛び込んでくる駅

(2014・8・23)

駅ホーム　田園景観　展望台

田園地帯を南西から北東に線路が延びている。
道路が北西から南東に走っていて踏切がある。踏
切の上で写真を撮ると、デッキのホームに棒線が
写る。ホームにプレハブの駅待合所がある。ホー
ムに立つと、広がる田園風景が目に飛び込んでくる。

47 町役場の職員が
　　案内してくれた駅

(2013・8・13)

取材時は　人の多くて　デッキ駅

　駅の北側で線路と道路が交差し踏切がある。踏切の傍にブロックの待合所があった。待合所といっても利用されている形跡がない。取材で訪れた時、駅のある町役場の職員が同駅の宣伝のため、わざわざ出迎えてくれた。待合所はその後新しくなった。

48 読み方を覚えて
廃駅となった難読駅

(2014・8・22)

難読の　駅名憶え　駅は消え

木製のデッキのホームに棒線の駅である。ホームの北東の出入口に工事現場用のプレハブの待合所がある。駅名はこの地区の地名から採られていて、漢字2文字を湯桶読みにしていて難読である。2016年にこの路線の廃線に伴って廃駅となる。

49 駅近くにある
海の見える廃駅の踏切

(2014・8・22)

踏切や　小さき駅と　夏の海

線路が南北に道路が東西に延びるようにして交差し、踏切がある。踏切から見ると線路の西にデッキのホームがある。ホームの南側に小屋のように見えるのは駅待合所である。道路の西側の先には海が広がって見える。廃線で2016年に廃駅となる。

50 廃線で写真にしか
残っていない踏切

(2012・10・28)

踏切も　線路も駅も　消えにけり

川に沿って線路が延び、踏切があり、デッキの
ホームの駅が踏切に接してあった。ホームの南側
の木造小屋は駅待合所である。駅近くの川は天に
ある川の表記もあり、この川の名前の私設の駅が
同路線にあった。2014年に廃線に伴い廃駅となる。

51 長い貨物列車が
停車中の駅

(2013・10・5)

機関車は　愛称キンタ　一休み

　　駅舎前の片面ホームと跨線橋でつながった島式
ホームの2面3線の駅である。駅舎は白のサイディ
ング張りで簡易委託駅ということもあって、駅舎
内は整備されている。取材時に長い貨物列車が停
まっていて、機関車に金太郎の絵が描かれていた。

52 本線と支線の
2路線が乗入れる駅

(2013・10・3)

西日差す　ホームに我が影　延びてあり

この駅には2路線が乗入れている。西側を通る
本線と東側の支線である。本線の方には駅がある
けれど、支線の方には駅がなく貨物列車が利用す
る。駅は単式と島式の2面のホームに3線があり、
跨線橋がある。社員配置駅でみどりの窓口がある。

53 施設開設を意図して
付けられた駅名

(2015・2・20)

駅名の 施設は無くて 無人駅

駅の名前を目にすると駅名にあるような施設でもあるのかな、と思ってしまう。国定公園に駅近くの一帯を含めようとして開拓者の名前も取ってつけた地名であると知ってなるほどと合点がいく。島式ホーム1面に1線で跨線橋でホームに渡る。

54 連結列車切り離しが
　　見られる駅

(2012・12・29)

車身を切られ　上り下りに　行く列車

<small>み</small>

　　単式と島式のホームの2面3線の駅で、ホーム
間に跨線橋があり、跨線橋は出入口が3ヶ所並ん
でいる。駅舎前にホームが無く、跨線橋でそれぞ
れのホームに渡る。島式ホームのところで連結列車
の切り離しが行われ、上り下りに別れる列車がある。

55 空撮で確認した 跨線橋

(2019・11・23)

駅名は 植物名で 意外なり

　上空から見ると千鳥式の相対ホームに青空跨線橋があり、2線を有する駅であるのがわかる。駅舎から延びる駅前通の先に海が広がる。駅名はこの地区の地名で、地名はここに多い植物を意味しその漢字表記である。漢字表記の由来を知ると面白い。

56 大都会にもある
無人駅

(2014・10・26)

大都会　市境にありて　無人駅

　大都会とはいえ無人駅はある。この駅はそんな無人駅の一つである。駅近くに広がる住宅地のために設けられた駅のようだ。相対式ホームと２線構成で、ホーム間に跨線橋がある。駅舎は北口と南口にある。駅近く、西と南に市境が走っている。

57 大都会の車両数の多い列車

(2015・3・13)

早朝に　長き列車撮り　ホーム端

　大都市の都心部に近いところにあり橋上駅舎になっている。利用客も多い。待合室のところにベーカリーがある。相対式ホームで2面2線である。車両数の多い列車が停まり、ホームの端から端までを占拠する。早朝から客の姿がホームにある。

58 市街地と田園地帯の境にある駅

(2014・12・12)

駅名の　漢字表記や　和名風

駅名はアイヌ語からのものでも、漢字では和名風である。相対式の２面のホームで跨線橋がある。駅の辺りでは線路は南北に延び、線路の東側に市街地が、西側は田園地帯になっている。駅の北に人道橋があり、市街地と田園地帯を結んでいる。

(2014・9・5)

駅よりも　大きな施設　雪シェルター

　単式と島式の２面のホームと２線を有する駅で、ホーム間に跨線橋がある。跨線橋は駅の南北をつなぐ人道橋と共用になっている。線路の上り、下り両方向にシェルターが見えている。これは分岐器を雪から守るためのものでこの路線に共通する。

60 車内から見る
田園地帯の駅

(2012・5・20)

貸し切りの　車内で客の　我が愛車

貸し切り状態の列車内に輪行バックに入れた愛車の自転車を置いて写真を撮る。列車は停車中でドアが開いていてホームが写る。反対側のドア越しに対面のホームが見えている。2面3線の駅で、ホーム間に跨線橋がある。駅は田園地帯にある。

61 有人駅の相対式ホームに架かる跨線橋

(2014・8・23)

駅舎窓　撮る我が姿　写りたり

　線路の南東方向に延びる駅前通の端に駅舎がある。駅舎の北西方向に抜ける道はない。有人駅でみどりの窓口がある。相対式の2面2線で、ホーム間に跨線橋がある。ホームで手持ちカメラでパノラマ写真を撮る自分の姿が駅舎の窓ガラスに写る。

62 飾り屋根のある
洒落た造りの駅舎

(2014・11・8)

飾り屋根 建屋引き立て 洒落駅舎

駅の西側に市街地があり、東側は田園地帯が広がっている。駅舎は線路の西で線路と並行する国道に面していて、飾り屋根のあるちょっと洒落た造りである。対面式の2面のホームに2線がある。駅舎の北側に跨線橋があり、ホーム間をつないでいる。

63 駅名に因んで
デザインされた駅舎壁

(2014・8・23)

駅名に　因む花弁や　駅舎壁

　相対式２面のホームと２線がある。ホーム間に
跨線橋がある。線路の南東側に田んぼと林があり、
北西側に駅舎と小集落がある。駅名は地名からの
もので、その地名はアイヌ語ではなく和語である。
駅名に因んで駅舎壁に花弁がデザインされている。

(2014・8・23)

看板の　名所も行かず　駅巡り

　　田園地帯に町があり、その市街地の中心に位置して駅がある。無人の駅舎は比較的大きく、地場の農産物の販売所が駅舎内に同居。相対式の2面のホームに2線があり、ホーム間は跨線橋でつながる。町の名所の案内が駅舎の壁やホームに見える。

65 駅近くで地下と 高架で延びる線路

(2012・10・6)

トンネルと　高架が駅を　挟みたり

　単式と島式の２面３線を有する駅である。ホーム間には跨線橋がある。線路を挟んで駅舎の反対側に市の図書館がありそのガラス張りの建物が写っている。平坦地にある駅にもかかわらず、駅の北東方向にはトンネルが、南西方向には高架がある。

66 観光客に配慮を
見せるホームの駅

(2014・4・2)

屋根付きは　観光客への　配慮かな

　　島式ホーム1面2線がある。駅舎からホームには跨線橋で渡る。ホームは全体が屋根付きである。駅近くに工場があり、かつて専用線がこの工場内に延び、工場の貨物輸送を行った。その専用線も無くなり、現在は観光に力を入れる駅になっている。

67 鉱物の名前から
採られた駅名

(2014・9・6)

駅名の　鉱物あるかと　探したり

相対式の２面のホームに２線があり、ホーム間に
屋根付き跨線橋がある。線路の北東方向に駅舎と
駅前通りがあり、碁盤の目状の町が広がる。田園地
帯に形成された町であるけれど、駅名は鉱物の名前
が採られている。本州に同名の私鉄の駅がある。

68 からくり時計塔の
ある駅

(2014・9・6)

風見鶏　目に付くホーム　駅中景

駅舎の正面から見るとからくり時計のある塔やステンレス製のオブジェがあり写真写りが良い。ホーム側では時計塔の風見鶏が見えるだけで平凡な駅風景である。2面のホームに3線で跨線橋がある。跨線橋の東側に街の南北をつなぐ人道橋がある。

69 ランプ用油の
貯蔵庫の残る駅

(2013・3・15)

ワンマンの　表示のありて　後尾なり

　　駅は相対式ホームの２面２線で、ホーム間は跨線橋でつながっている。これといって特徴のある駅ではないけれど、ホームにかつて用いられたランプ用油の貯蔵庫が残っている。レンガ造りで明治時代の建物である。町は線路の東側に広がる。

(2013・1・11)

窓ガラス　通路で目立ち　跨線橋

　　駅のある町は田園地帯にある。普通○○町にある駅名は○○駅なのだが、この駅は○○町駅と「町」が付いていて珍しい。ただ、道路標識等では○○駅の表記も見かける。対面式の２面のホームに２線でホーム間に大きな窓ガラスの跨線橋がある。

71 引き込み線の多い
2路線乗入れの駅

(2013・10・4)

駅東　駅舎のありて　出口なり

　　乗入２路線で２面４線の駅で跨線橋がある。乗
入路線の一つは道新幹線の開業に合わせて経営が
別会社となる。駅舎は線路の東側にあり駅前通り
が東に延びる。駅の西側は引き込み線があり商業
施設がある。駅の西側に直接行ける人道橋はない。

72 駅舎に似合わぬ 立派な跨線橋のある駅

(2014・10・5)

偲ばせる　往時賑わい　跨線橋

廃線路の起点駅だった時代に駅舎横のホームが
その路線用に使われていた。このホームは用済みで
島式ホームが現在の乗降に利用されている。島式
ホームに渡る跨線橋は三角屋根で、内部通路の幅
は広く立派な造りで、往時の駅の繁栄の名残である。

(2013・4・4)

駅南　林の有りて　木が写り

　駅の北側に出入口があり集落もある。駅南側は林になっていて駅への出入口がない。南側は高速道路の連絡道路の工事が行われている。駅は相対ホーム２面に２線でホーム間に跨線橋がある。跨線橋の窓から駅南側の林の木々が少し見えている。

74 跨線橋当ての難問に
正解を出す鉄道ファン

(2012・12・2)

難問に　正解出して　まさに鉄ちゃん

クイズ・ツーリズムの鉄道編では跨線橋内部が難問になる。跨線橋の内部の案内の固有名詞等を消してしまうと、駅と関連付けるものが無くなる。単式・島式の2面のホームに3線の駅の跨線橋の問題に見事に答えた鉄道ファンがいたのには驚いた。

75 駅同定には
手がかりを欠く跨線橋

(2013・8・3)

駅同定　手がかりを欠き　跨線橋

　線路が田園地帯に延びていて、線路の南側にある駅舎がありその周辺に市街地が広がっている。相対式の2面のホームと2線があり、ホーム間に跨線橋がある。跨線橋のガラス窓から線路北側にある鉄道林が見えているだけで、駅同定は難問である。

76 跨線橋からも見える
立派な合築駅舎

(2013・8・3)

跨線橋で見る　合築駅舎　立派なり

駅舎の6階建ての建物を最初に見ると、これが駅舎かと思うほど立派なものである。これは市の施設との合築のためで、駅はホームに出る建物内の通路部分を占めるだけである。2面3線で跨線橋がある。駅の南側は線路跡でそこを抜ける道はない。

77 情報皆無の
壁の跨線橋

(2013・3・15)

白壁の　跨線橋当て　至難なり

　　掲示物等の無い跨線橋から駅を当てるのは難しい。そんな難問の典型みたいな跨線橋である。みどりの窓口のある業務委託駅で、駅ホームは2面3線である。跨線橋の通路壁には案内の掲示等が普通なのに、この跨線橋には張り紙の1枚も無かった。

78 乗入れる2路線の
　　一方の起点駅

(2013・3・29)

階段下　光る島式　ホームかな

複数の路線が乗入れる駅ではどれかの路線にその駅を所属させ混乱を防いでいるようだ。この駅も2路線が乗り入れていて、一方の路線の起点駅となっている。しかし、その路線の始発列車は2つ前の駅である。島式ホームへ渡る跨線橋がある。

79 多言語表記の
案内のある駅

(2013・6・23)

案内は　多言語表記　観光地

　乗入れ2路線で、島式ホーム2面に4線でホーム間に跨線橋がある。観光地の駅であり、コロナ禍以前には毎年訪れる多くの外国人に対応し駅構内の案内は日本語の他に英語、中国語、韓国語で表記されている。自分の自転車の輪行バックが見える。

80 椅子も設置された
広々とした跨線橋

(2013・8・13)

広々と　椅子が並びて　跨線橋

　有人駅でそれなりの規模の駅である。単式と島式
の２面のホームに３線を有し、ホーム間に跨線橋が
ある。跨線橋は通路の狭い感じのするものが一般的
である。これに対してこの駅の跨線橋は広く、椅子
も設置されていて、駅舎の一部のようである。

81 合併により
市になった町の駅

(2013・10・5)

跨線橋 人道橋と 同居かな

　　駅はホーム2面と3線を有し、駅前通りを塞ぐ
ように駅舎がある。線路の両側の地区は跨線橋と
共用の人道橋で結ばれていて、パノラマ写真でも
確認できる。駅のある町は合併により市となり、駅
前通りにあるマンホールの蓋には旧町名が残る。

(2014・10・4)

山間に　海産物の　駅のあり

> 　ほぼ南北に延びる棒線があり、線路の南側にホームと駅舎がある。線路の北側に温泉施設があり、駅と施設をつなぐ透明フードの自由通路がある。雪の多い地方なので、この通路は温泉施設に行く客には助かる。山間なのに海産物の名の駅である。

---

83 粗い言葉の注意書きが 目に留まるホーム

(2015・3・8)

しろ、するぞ　粗き言葉の　注意書き

　　駅の南北に市街地が広がっていて線路を境に崖になっている。南北の市街地を結ぶ自由通路が線路を跨いでいて、跨線橋にもなっている。相対式ホーム２面に２線である。ホームの電柱に「き電系統確認しろ　感電するぞ」と粗い言葉の注意がある。

84 廃墟然とした
   橋上駅舎

(2012・12・2)

橋上の　無人の駅舎　廃墟然

　塞がれた切符売り場の近くから線路が見下ろせる。橋上駅舎で、道内では最初のものであると知ると意外である。近くに工場があり、工場の従業員のための駅として設立された。ホームは2面2線でホームを跨ぐ通路上に無人となった駅舎がある。

85 国内最長の
直線線路にある駅

(2014・3・9)

西行けば　直線線路　記録保持

　　駅の南北をつなぐ自由通路があり、無人駅の駅
舎がこの通路にある橋上駅である。2路線が乗り入
れていて、2面3線である。ホームには自由通路か
ら行ける。駅から20時方向に延びる直線線路は日
本国内で最も長い鉄道の直線区間となっている。

86 SLの模型が
　　置かれてある自由通路

(2014・12・12)

SLの　模型見ながら　通路行き

　線路が駅のある町をほぼ南北に直線状で貫いている。線路の西側にある駅舎は町の交流施設と同居している。跨線橋でつながった対面式の２面のホームがあり２線である。跨線橋は線路の東西をつなぐ自由通路と共用で、SLの模型が置かれてある。

87 線路と国道を跨ぐ 自由通路

(2014・12・12)

駅舎内　飾り付け見え　クリスマス

橋上駅舎で写真を撮影した 2014 年には有人駅で
みどりの窓口があった。それが翌年の 2015 年 10
月には無人化された。島式ホーム 1 面に 2 線を有
している。駅の南北をつなぐ自由通路があり、この
通路は線路と並んで延びる国道も跨いでいる。

88 人道橋と跨線橋が 東西に並ぶ駅

(2013・3・14)

東西に　人道跨線　橋並び

　単式と島式の2面3線の駅である。ホーム間に跨線橋がある。市街地が駅の南北にある関係で線路を跨ぐ人道橋がある。東西に延びる線路の駅舎西側に跨線橋、東側に人道橋の配置である。業務委託の有人駅で駅舎内にタコ焼きやおやきの店がある。

89 全球写真撮影の困難な
狭い人道橋

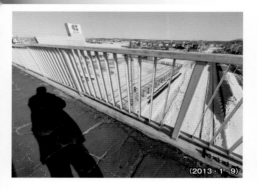

(2013・1・9)

狭き橋　ホーム見下ろし　全球撮り

乗入路線が２路線の駅ながら島式ホーム１面に
２線で、ホームには構内踏切で渡る。通路が無く駅
舎のある線路の北側から南側の住宅街に直接行く
ことができない。駅舎の西側に自由通路橋があり、
線路の南側に住む人は橋で北側の商業施設に行く。

90 人道橋の役目だけで
残った跨線橋

(2012・12・12)

跨線橋　人道橋で　残りたり

　かつては島式ホームがあり駅舎側の単式ホームとの間は跨線橋で結ばれていた。その島式ホームが撤去され1線構成となって跨線橋は本来の役目を終え、駅の南西側に行く人道橋となっている。人道橋の先には海の埋立地に国道が走り町役場がある。

91 開発計画の頓挫で寂れた駅

(2012・12・14)

屋根ホーム　駅舎に代わり　待合所

　駅近くの工業団地の拠点駅として賑わうはずであった。しかし、団地の開発計画は頓挫した状態で、利用客も少なく、ホームから離れた駅舎は閉鎖状態にある。ホームは元々島式の1面1線で一部屋根のあるホームが待合所の機能を果たしている。

92 廃校の小学校が
暗示する廃駅

(2012・12・13)

廃校の　校舎が暗示　雪線路

ホームは1面で棒線が東西に延びている。駅舎は線路の南側にある。駅の南側に集落があり、集落の南に海が広がる。駅の北に大きな建物があり、廃校となった小学校である。2015年の高波被害で不通となった路線の方も2021年に廃線予定である。

93 駅設備の
ハエタタキの残る駅

(2012・12・13)

ハエタタキ　残る駅なり　雪畑

　単式ホーム1面に棒線の駅である。駅は小山の間の畑に囲まれてある。ホームにドアのない待合室がある。駅の傍に多数の碍子が取り付けられた電柱が見える。駅間の通信を単心の通信線で行っていた時代の「ハエタタキ」と呼ばれる電柱である。

94 ホームを積雪が覆っている駅

(2014・12・12)

除雪無く　乗降客は　難儀なり

積雪に足が深く埋まる季節にこの駅を訪れると、ホームの除雪が行われていない。客が居れば自力でホームの雪をかき分けて乗降するようにしているのかよくわからない。1面のホームに1線がある。かつて使われていた跨線橋は閉鎖されている。

95 木製デッキから
見える稲穂波

(2014・8・23)

デッキから　四方に見えて　稲穂波

　　田んぼに囲まれた駅である。階段付きの木製デッキのホームから、色づいた稲穂が広がっているのが見渡せる。ホームの北東の出入口近くのホーム上に駅待合所がある。その傍に踏切がある。線路の南西方向の先は大都会の市街部の外れに至る。

96 新築前の老朽化の
進んだ木造待合所

(2013・8・13)

これがまあ　待合所かと　比布の地

田んぼに囲まれた駅である。木製デッキのホーム
が南北に延びていて、北側に線路を跨ぐ国道の陸
橋が見える。南側のホームの出入口に老朽化の進ん
だ木造の待合所があった。この待合所は2014年に
解体され、その後新しい待合所が設置された。

97 工事現場と
間違いそうな駅

(2013・8・11)

見間違う　工事現場と　小屋駅舎

　駅を通過する線路はほぼ南北に延びる。線路の東側を国道が走り国道沿いに人家はあるものの、広大な牧草地がつながっている。ホームは1面で直線状の棒線が見え、ホームに接してプレハブの待合室がある。工事現場の仮設トイレも置かれている。

(2014・9・6)

駅名の　名に応えるか　通学生

　プレコンデッキのホーム1面に1線の駅である。
駅近くにある高校の生徒の通学用に設けられた駅
である。通学時間帯に込み合うため、風雨や風雪
を避けるために大きな覆いの簡易建物がホーム前
にある。生徒の将来に期待する駅名になっている。

99 駅名の海産物が
産する場所にある駅

(2014・4・27)

棒線や　東の果てに　延びており

　　駅の南東方向に漁港があり、漁港の近くに牧草地ならぬ砂地が整備されている。これは昆布干しのためのものであり駅名とも関連している。デッキのホーム１面に棒線が延びている。線路横に道道があるだけで、駅待合所の他に民家は見当たらない。

100 雪面の十字を頼りに 撮影する駅

(2013・1・11)

雪覆う　ホームに十字　パノラマ撮

駅の南側に道路が延び両脇に家が建っている。駅の北側に出る道は無い。1面のホームに棒線が延びていて、ホームの除雪がしっかりと行われている。雪が薄く残るホームで十字の印を雪面に描き、印を頼りに三脚無しでパノラマ写真撮影を行う。

101 映画の
ロケ地となった駅

(2013・8・12)

ロケ駅の 痕跡探し 雪切り室
こんせき

駅舎の正面もホーム側も二重の引き戸で、雪や風の侵入を防ぐ「雪切り室」造りである。雪の場面の多い映画のロケ駅となり、この玄関部分も撮影されたのだろうか。相対式２面のホームと２線がある。ホーム間には構内踏切が設けられている。

X　木造駅舎

102 木造典型駅舎で
延命の駅

(2013・8・12)

木造の　典型駅舎　残りたり

　　駅の周囲に集落は無く、木造の駅舎だけがぽつんとある。この駅舎は国鉄型木造駅舎で歴史的希少性があるとされている。ホームは2面で2線を有している。漢字表記は同じでも駅名と地名の読みに違いがある。2021年度から町が維持管理を予定。

X　木造駅舎

103 塔の造りのある
教会風木造駅舎

(2013・6・23)

見上げれば　塔の造りで　駅舎なり

　　田園地帯にぽつんとある駅舎は、一度目にすると記憶に残る建物である。駅舎内の広さは1坪程度である。駅舎内で見上げると4面に窓のある塔状の造りであるのがわかる。駅舎前の階段で上る木製デッキのホームの長さは列車1両分しかない。

104 林業を象徴する
　　　ログハウス風駅舎

(2014・6・20)

地場産業　林業と知る　駅舎なり

　　林業の盛んな地でもあり、駅舎は地元のカラマツ
集成材を用いたログハウス風の建物である。駅舎内
に木製おもちゃの展示棚がある。単式と島式の２面
のホームに２線構成で、ホーム間に跨線橋がある。
駅名になった地名は祝詞から採られている。

105 雪原にある
喫茶店風の駅舎

(2013・3・13)

茶店風　柱の目立つ　駅舎かな

　ちょっと見た目には喫茶店風で駅舎とは思えない。柱の目立つ木造の建物で駅待合室のスペースは広くない。駅の北側に国道があり、駅舎の南側に棒線が延びている。線路の南側が昆布干し場になっているけれど、雪の季節は雪野原しか見えない。

106 海浜の花の季節に
開業される臨時駅

(2013・1・11)

雪埋もれ　浜の花待ち　駅舎閉じ

　　　海と湖に挟まれた狭い陸地を線路が延びる。線
　路の北側に1面のホームがあり、ログハウス風の駅
　舎がある。しかし、季節限定の臨時駅で雪の季節
　に訪れても駅舎は閉まっている。渡る客の居ない構
　内踏切も深い雪に埋まり、踏切は機能していない。

X　木造駅舎

(2013・1・9)

人家無く　駅舎のみなり　湿原地

　　川に沿って線路が延びていて、川の東に駅があ
る。川のレジャーのカヌーポートや駅の東にある
湖の岸にオートキャンプ場があるので、駅舎がロッ
ジ風であるのがこの地に似合っている。駅舎は2
代目のもので、1面のホームに接し、棒線が延びる。

X　木造駅舎

(2012・12・13)

駅舎色　特産品の　昆布の色

　海岸沿いに国道が走り、国道と並行して線路が
延びる。駅舎は国道と線路の間にあるので、車で
通過する時駅舎が車から見える。特産品の昆布の
色に塗られた板張りの吹き抜けのある駅舎で町の
施設と同居している。ホームは1面で棒線が延びる。

X　木造駅舎

109 開業当時からの駅舎で
売られている駅弁

(2013・4・6)

駅名を　冠す駅弁　車中食

　線路の北側は工場地帯、南側に住宅街が広がり、駅舎は線路の南側にある。相対ホーム2面に2線でホーム間に跨線橋がある。開業当時からの駅舎は往時の駅の雰囲気を出している。駅名と同じ名前の駅弁が有名で立ち寄った観光客が買い求める。

X　木造駅舎

（2014・10・24）

旅行客　見上げる暇なく　格天井（ごうてんじょう）

天井の装飾に枡状の造りを入れる枡格天井という建築様式があり、これを取り入れた木造駅舎である。駅舎の正面のデザインは剥き出しの梁が用いられていて、駅舎の風格を醸し出している。キヨスクがあるのもこの駅の格を示しているようだ。

X　木造駅舎

111 2路線が乗入れる
海に面した駅

(2015・2・20)

海鳥も　訪問客で　1漢字駅

　　跨線橋でつながる単式と島式の2面のホームに
3線がある。乗り入れ路線が2路線あるが、同じ
路線名の本線と支線で、駅の上り方向で分岐する。
山側の線路が本線で、海側を行くのが支線の扱い
である。駅ホームから海と駅東方向に港が見える。

112 海の向こうに
名峰の見える駅

(2013・10・3)

ホーム立ち　駒の背の山　認めたり

海岸近くにある駅でホーム・線路・ホーム・線路の駅構造になっている。ホーム間は構内踏切で行き来する。道路に近いホームには待合室がある。待合室の近くに浮き球の漁具が積まれて置かれている。国道が線路より一段高いところを走っている。

113 防波堤のような
ホームの駅

(2014・10・24)

海と山　一望にして　跨線橋

　波打ち際にある駅といってもよい。相対式の２面のホームに２線を有している駅で、ホーム間に跨線橋がある。跨線橋の上から見ると西側に広がる海原とほぼ北に位置する活火山が目に入る。景観の良さから鉄道ファンが写真を撮るスポットの駅である。

114 焼失後に 改築された新駅舎

(2012・12・2)

焼失後　建て替えられて　新駅舎

線路の南側に国道と海岸線が並行していて、駅舎は線路の北側にある。千鳥式の対面ホーム2面があり2線で、ホーム間に跨線橋がある。旧駅舎は焼失し現在の駅舎が改築された。駅ホームから海が遠方に眺められる。駅の開業は明治時代に遡る。

115 構内を流れる川が
海に注ぐ駅

(2014・11・1)

構内に　接する鉄橋　電車行き

内陸部を通過して来た線路がこの駅を境にして海岸に沿って西に延びる。2面2線で線路の北側に駅舎があり、駅舎の東側に跨線橋がある。駅名を表す作り物が駅舎前に車窓から見える。西側のホームの下を川が流れていて、近くの海に注いでいる。

116 空撮で大海原の見える駅

(2019・12・28)

駅上空　海と山脈　大景観

駅は1面のホームに棒線が延びる。駅の北側に小集落があり牧場に囲まれている。駅の南側に海が広がり、ドローンから大海原が見渡せる。内が見える駅待合所が線路の北側にある。2015年の高波被害後列車の運行が途絶え、2021年に路線が消える。

117 海の幸が描かれた
駅舎壁

(2012・12・12)

駅舎壁　漁業集落　教えたり

　元々は島ホームだった片側の１面に棒線が延びている。車掌車改造駅舎が線路の南側にある。駅の南側を国道が線路と並行して走り、国道の南側に海が広がっている。ホームからも海が見え、駅の西方向に漁港がある。駅舎壁に魚や海藻の絵がある。

118 駅舎から海岸まで 20mの駅

(2013・1・11)

海眺め　駅から便り　赤ポスト

駅舎は線路の南側にあり、線路の北側は砂浜から海につながっている。駅舎から海岸まで20mの案内がある。間近に迫る海の景観を高い所から見られるように駅舎横に展望台もある。駅舎内には喫茶店があり、ここからも海を眺める事ができる。

119 建て替え前の
古い木造駅舎

(2013・1・11)

雪ホーム　東に見えて　波頭

　　国道と線路が並行して延びていて線路の東に国
道、国道のさらに東に海がある。線路と駅は国道
より少し高い所にあるため、駅から海が眺められる。
ホーム1面に1線の駅で、旧駅舎は下見板の壁の
木造であった。2015年に新駅舎に建て替えられた。

120 ホームから
　　海の見えた廃駅

(2014・8・22)

眺望は　凪る海原　駅の西

旧駅舎跡のコンクリートの土台の上に車掌車改造
駅舎が設置されている。ホームは1面で棒線が通っ
ている。駅前に建物がなく、駅の西側に広がる海が
見渡せる。駅は少し高い場所にあり、駅舎壁の海
抜表記を見ると16mとある。2016年に廃駅となる。

121 馬のいななく姿の
山の見える駅

(2013・10・3)

ホームから　馬のいななく　山姿見え

　単式と島式の２面のホームと３線の駅である。駅舎は線路の東側にあり、駅舎の南側に跨線橋がある。ホームに立ち北側を望むと常時観測が行われている活火山が目に入る。上り下りで線路が分岐しており、車窓から写真撮影の好スポットが続く。

122 ホームの名所案内に
活火山の紹介がある駅

(2013・10・3)

降りる客 山に登るか 活火山

　相対式の2面のホームに2線を有し、ホーム間に跨線橋がある。ホームの名所案内の看板に「駒ヶ岳活火山」とある。駒ヶ岳は全国に同名の山があるので、正式には山名に「北海道」が冠される。駅舎は線路の東側で山はさらにその先の東にある。

(2012・10・20)

北の方 望む山容 ドーム見え

単式と島式の2面のホームに3線の駅である。ホーム間に跨線橋があり、跨線橋と並行して人道橋がある。人道橋からほぼ北の方向に特徴のある形をした山が望める。2020年駅の近くに国立の施設が造られ、跨線橋と人道橋は新しくなった。

124 岩山と冠雪の
   山脈の見える駅

(2019・12・28)

線路先　黒き岩山　蓬莱山
                        （ほうらい）

　駅の上空で空撮を行うと雪で覆われた牧草地の
中に駅ホームと待合所があり、棒線が走っているの
がわかる。上り方向の線路の先に標高 60m の蓬莱
山の岩山が写っている。下り方向の遠景に冠雪の山
脈が連なって見える。2021 年に廃駅予定である。

125 冠雪の山脈が望める
リサイクル駅舎の駅

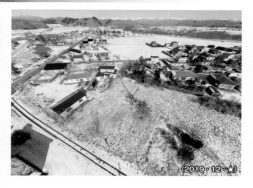

(2019・12・★)

冠雪の　山脈望む　駅の消え

　　見晴らしの良い駅である。ホーム1面に1線の駅で線路の西側に車掌車改造駅舎がある。ホームに立つと東から北へ連なる山脈が雪を頂いて青空に屹立している。駅の周囲に集落がある。2015年の線路不通により2021年に廃線予定で駅も廃駅となる。

126 幻となった
冠雪山脈の車窓景観

(2019・12・29)

幻か　景観楽しむ　列車旅

　列車が通過しない錆びついた線路横に、飾り屋根を並べた二階建ての駅舎があり、食堂や簡易郵便局が同居する。駅の南側に太平洋が広がり、北側に競走馬を生産する牧場が点在する。その背後に雪を冠した日高山脈が連なって見え、眺望が良い。

127 長いホームの
　　山間の駅

(2014・9・5)

山間に　ホームの長き　駅のあり

　市街地より高いところに2面のホームと4線がある。線数が多いのはこの駅に2路線が乗り入れているためで、駅の北東方向で本線と支線に分かれる。この支線は2019年4月には廃止された。駅の南西方向にトンネルが写り、山間の駅である。

128 山を連想する駅舎

(2014・8・23)

壁塗りも　屋根の形も　山連想

　大都会の外れにあり、通勤や通学の乗降客が多いせいか長いデッキのホームがある。ホームに駅舎が取り付けられている。駅舎の屋根の中央部を三角形で盛り上げた造りで、壁のペンキも山の字の塗りである。この都市から望める山を連想する。

129 デッキのホームから
遠望する山並み

(2013・6・23)

山並みを　パノラマ撮や　デッキ上

　田園地帯に小屋のような駅待合所がある。待合所から木製デッキのホームに出ると、棒線が延びている。観光客が乗り降りする路線でもあるので、ホームには花の植えられたプランターが置かれている。ホームから田園地帯を囲む山並みが望める。

130 ホームの先に
見える名峰

(2013・1・11)

ホームにて　雪の山塊　見とれおり

駅名は町名と同じであったが世界遺産の知名度を取り込もうと駅名を変更した。単式と島式の2面のホームが跨線橋でつながり3線である。ホームからの眺めは良く線路の延びる先の東方向に冠雪の山塊が見える。世界遺産の山並みにつながる。

131 水遊びの彫刻のある
駅横の公園

(2014・10・4)

名水を　連想させて　「昂」像
（すばる）

駅の横に公園が整備されている。「昂」と題され
た子ども達が水遊びをイメージした像があり、この
町の名水を連想させる。近くに農産物のジャガイモ
のゆるキャラの像もある。駅は島式1面の2線で
ある。ホームにむかい鐘のミニチュアがある。

132 鉄製の抽象彫刻のある
駅コンコース

(2015・6・10)

雪だるま　作る人いて　コンコース

> 橋上駅でホームは島式2面と4線を有する。この
> 駅が始発・終着の多くの列車が運行している。駅の
> 南北をつなぐ広い自由通路があり、駅舎と改札口が
> 接している。自由通路の南端に「雪だるまをつくる
> 人」と題された鉄製の彫刻が置かれている。

133 新しい駅舎の
レンガ壁の装飾

(2019・1・25)

新駅舎 刻印レール 記念なり

　　新駅舎を記念した刻印レールプロジェクトが駅舎
壁に展示されている。線路をスライスした断面に氏
名等を彫り込み駅舎の壁にはめ込んだ。新駅舎は
北口と南口をつなぐ自由通路に接した橋上駅舎にな
り、線路の南北の地区の往来が便利になった。

(2012・8・25)

裸婦かざす　枝が表す　緑の輪

乗入路線が3線で2面のホームと4線を有している。橋上駅で駅の南北をつなぐ自由通路がある。南口のところに広場があり「緑の輪」と題された裸婦像がある。この駅が表玄関になる同市が人間環境都市宣言を行ったのに合わせて制作設置された。

135 SL時代を思い起こさせる
像のある駅広場

(2014・9・5)

SL消え　何をする人　火夫の像

　２路線が乗り入れていて、２面３線の要衝の駅である。観光の拠点の駅でもあり、駅前に彫刻やオブジェがある。駅前広場にある「火夫像」はかつてこの路線にSLが走っていた時代、機関車の釜に石炭を投じる火夫の仕事の厳しさを表現している。

(2014・12・12)

フクロウの　像が見守る　食べ処

　かつては2路線が乗入れていた駅で、相対式ホーム2面と2線を有している。自由通路を兼ねた跨線橋がある。駅舎は線路の東側にあり、駅舎につながって北方向に町の施設がある。施設の一画に軽食のコーナーがありフクロウの像が置かれている。

137 車窓から見える
駅広場の裸婦像

(2012・9・8)

車窓から　わずかに見えて　裸婦の像

　　駅舎は線路の西側にあり、駅舎の北に隣接する
自由通路で線路の東側の市の施設につながってい
る。相対式と島式のホーム２面に３線でホーム間
に跨線橋がある。駅舎正面の北側に広場があり、
モニュメントや「陽」の作品名の裸婦の彫刻がある。

(2014・8・2)

駅名標　横の木の熊　客迎え

観光地への中継点となる駅であり駅舎は立派である。一枚板に駅名の書かれた看板があり、その横に木彫りの熊が置かれているのが目に留まる。駅前は広いロータリーになっている。単式・島式の2面のホームと3線で、ホーム間に跨線橋がある。

139 倒れるかと気になる
駅コンコースの彫刻

(2013・11・16)

「天秘」像 倒れそうなり 地震国

　　実質4路線が乗入れている起点と終着の駅で、4面7線がある。高架駅なので各ホームへはエスカレータ・エレベーターと階段を利用する。駅舎西側コンコースに「天秘」と題された卵を立てたような彫刻が置かれている。彫刻の駅ギャラリーもある。

140 絆の鐘を持つ人物の
彫刻のある駅

(2012・9・17)

サハリンと　絆の鐘の　カネポッポ

　1面のホームに列車が到着して乗客全員が下りる。線路を跨りガラス張りの駅舎がある。この地で撮影された映画の出演者達の看板がロビーで出迎えてくれる。鉄道員と思われる人物が鐘をもった彫刻「カネポッポ」がサハリンを向いて置かれている。

141 広さはあっても
殺風景な貨車駅舎内

(2015・2・21)

貨車駅舎 広さはあれど 殺風景

　　ホーム1面に棒線の駅である。リサイクル駅舎は車掌車を改造したものが多いなかで、この駅には貨車改造駅舎が設置されている。駅舎内は据え付けの椅子があるだけで、殺風景である。ホームからは駅の南東方向に雪を頂いた活火山が見えている。

142 駅舎から稲荷神社が
　　　見える駅

(2015・2・6)

名前順　しんがりの駅　廃止なり

　　線路と国道が並んで南北に走っている沿道に車
掌車改造駅舎があった。駅付近には民家が見当た
らないのに稲荷神社があり、リサイクル駅舎と向か
い合い奇妙な風景であった。客がいなくても除雪は
行われていて、客の減少で2017年3月廃駅となった。

143 空から見た原野の
赤い屋根の駅舎

(2018・4・30)

駅舎屋根　枯れ葉色野に　朱色添え

　この駅から上り方向（ほぼ西方向）に川があり鉄橋が見える。さらにその西に臨海工業地帯が控えている。下り方向（ほぼ東方向）に線路と国道が並行して走る。原野に囲まれたようにある駅舎はリサイクル駅舎で、塗装が施され赤屋根が見えている。

144 海抜表示のある
海近くの駅

(2014・8・22)

6メートル　海見る駅の　海抜(たかさ)なり

砂利敷の1面のホームに棒線が延びており、車掌車改造駅舎がある。駅舎のある地面にはコンクリートの建物跡があり、これは有人駅であった旧駅舎の跡である。駅前の道路の先に海が見えている。海抜6mの標識のある駅は2016年に廃駅となる。

145 生き残りをかけた
駅舎壁の改修

(2013・8・12)

生き残る　意欲を見せて　駅舎壁

　車掌車改造駅舎が１面１線のホームに接してある。難読駅で、駅の所在地の村の名前も大字名も難読である。駅舎壁は改修されていて廃駅ラッシュの中で当面この駅は存続するようである。駅近くに故人となったアイヌ人木彫作家の記念館がある。

146 町の維持管理に 移行予定の駅

(2013・8・12)

鉄道林　迫るホームに　草の生え

　　砂利の上に草が生えた1面のホームに棒線が延び、線路の北東方向に駅と集落がある。南西方向は鉄道林になっている。車掌車改造駅舎がホームに接して置かれている。2021年度以降町による維持管理駅に移行予定で2015年外壁が新しくなった。

147 秘境駅の雰囲気溢れる
廃止予定駅

(2013・8・12)

コロナ禍の　年を過ごして　駅の消え

　　砂利で固めた1面のホームに棒線が通っている。
駅舎は車掌車改造駅舎で旧駅舎の土台跡に置かれ
ている。駅の周囲に集落が無く、秘境駅の雰囲気が
漂う。JR北海道による駅廃止の打診があり、駅の
ある町も容認して2021年に廃止が予定されている。

148 水運に関係した
駅名の廃駅

(2013・1・10)

水運に　由来の駅名　消えにけり

　　ホーム１面に１線の駅で、ホームに接して車掌車
改造駅舎が設置されていた。駅舎の中に入ると窓
から外の景色が眺められ、列車に乗っているような
感じにもなる。据え付けベンチの上の駅ノートが鉄
道ファンの訪問を物語っている。2017年廃駅となる。

149 窓外に道東の
景色が見える駅

(2013・3・13)

今は見ぬ　車掌車残り　駅舎なり

　畑に囲まれたように駅がある。ホームは1面1線
で線路の南側に車掌車改造駅舎がある。小集落が
駅の南にあり、駅の北側は鉄道林で駅からの道は無
い。外からは駅舎の壁に北海道をイメージした絵が
描かれている。駅舎内からはそれが見られない。

150 路線は人気が出ても
廃止された路線名駅

(2014・4・27)

この空間　もう見る事もなく　駅舎なり

　　駅は1面のホームに棒線が通っていて、車掌車改造駅舎が線路の北側にあった。2016年に廃駅となり、駅舎は撤去され、その跡地に記念プレートが設置された。釧路駅から根室駅までは花咲線の愛称で駅が無くなってから近年人気が出てきている。

151 外国人観光客で
込み合う駅食堂

(2014・10・4)

客で混み　敬遠したり　駅食堂

駅舎内にレストランがあり、寄ってみるけれど旅行客で混んでいる。最近は外国からの観光客も増えている。この町の一画では外国人が多く滞在しているので、日本に居るというより外国に来た感じにもなる。昼食は駅近くのレストランとなる。

152 ホームにある
立喰いそば屋

(2014・10・19)

ホームにて　時間計りて　そばを食う

　　ホームに立喰いそば屋があるのは道内ではこの
駅だけだろう。さらに特急も停車中なので駅はすぐ
にわかる。北海道新幹線の乗入れのためホームを
増やす必要があり、その状況に対応してこのホーム
のそば屋の運命はいかに、といったところである。

153 列車客がバス客となり
残る駅舎内店

(2014・11・28)

列車客　バス客となり　店残り

　駅のある路線の要となる駅である。対面ホーム2
面に2線を有し、構内踏切がある。駅舎内に立喰い
そば屋があり、2015年に列車不通となる以前は駅で
の停車時間に客がよく利用していた。不通列車の代
替えバスになってからバスの客が利用している。

154 はく製の熊と並んで
食べる立喰いそば

(2013・2・8)

列車待ち　羆鮭喰い　人は蕎麦

ひぐま

　立喰いそばの店が残っている希少な駅である。そば店は駅待合室のコーナーにあり、待合室入り口に熊のはく製がある。三毛別羆事件跡地のポスターも目にとまる。社員が配置された2面2線の駅で、一部路線廃線により2016年から終着駅となる。

155 村の玄関駅で
繁盛するそば屋

(2013・8・12)

繁盛の　蕎麦屋のありて　村の駅

　　この辺りは蕎麦の産地である。駅舎内の蕎麦屋は結構繁盛している。客用の折り畳みテーブルと移動できる椅子があっても、駅待合室の椅子が食堂の椅子に代用される。駅舎に蕎麦屋があるというより蕎麦屋の店内を列車の乗降客が横切る雰囲気である。

156 駅ホームに接した 食事処

(2013・1・9)

SLの 写真窓外 ホームなり

単式ホーム１面と島式ホーム２面がありホーム間に地下通路がある。駅舎は単式ホームに接し、臨時運行のSLの始終点駅である。駅舎と商店街がつながっていて、鉄道グッズや写真が並べられた食事処がある。窓の外はすぐホームになっている。

157 SLの追っかけで
駅舎内で見た喫茶店

(2013・1・9)

SLの　追っかけ訪れ　店休み

駅近くに湖があり、野鳥の観察や撮影で訪れる人が列車を利用したりする。相対式の2面のホームと2線を有していて、ホーム間に構内踏切がある。ログハウスを模した駅舎で、内に喫茶店がある。SLの追っかけで訪れた時、店は休業中だった。

158 駅舎内の貴賓室の
レストラン

(2013・1・10)

貴賓室　優雅さ伝え　レストラン

趣のある木造駅舎で相対式ホーム２面と２線がある。ホーム間に構内踏切がある。かつて駅舎内に貴賓室があり、レストランに改装されている。部屋の中央に薪ストーブがあり、ステンドグラスで飾られたガラス窓がある。駅舎内とは思われない。

159 砂浜近くの駅舎内の
ラーメン喫茶店

(2013・1・10)

駅舎借り　繁盛したり　レストラン

　北に延びる道道が東西に走る線路にぶつかるところに駅がある。駅の北は防風林と砂浜が広がる。駅舎内にラーメン喫茶店があり、人気の店のようである。駅の南側の小集落の住民だけではやってゆけぬと思われ、観光客の利用も多いのだろう。

160 草分け的駅舎内
軽食喫茶店

(2013・1・11)

草分けの　食事処の　駅舎なり

　駅舎内に軽食喫茶店があり、駅舎本来の機能よりは食事処としての利用が前面に出ている。駅舎を食事処にした草分け的存在である。この駅や隣接する駅を訪れる観光客も目に付く。駅の北に海が広がり、南に集落と駅名と同じ名前の湖がある。

161 珍しい
スタフ手渡しの駅

(2012・10・28)

駅員が　駆ける姿や　手にスタフ

　　駅名から温泉地が浮かんでくる。実際ここは温泉郷といってもよく、駅近くに温泉施設があり、列車の待ち時間があれば一風呂浴びてくることもできた。列車交換可能駅で、駅員がスタフを持ち駆ける姿が写る。2014年に廃線となり駅も廃止された。

162 スイッチバック方式による運行の駅

(2013・10・3)

ススキ見て　古き駅舎と　温泉地

　駅の出自は信号所にあり、急こう配の途中にある駅である。SL牽引時代にはこの坂の上り方向（線路は下り方面）ではスイッチバック方式で運行されていた。駅舎は昔ながらのもので、2面2線である。駅の近くには写真に写る温泉施設がある。

163 地獄谷の
鬼が出迎える駅

(2013・4・6)

赤鬼の　出迎えここは　温泉地

観光地の玄関駅であり、観光客に対応する必要からも社員配置の有人駅である。ホームは島式と単式の2面3線で特急が停車する。訪れた客は駅舎の飾りの鬼に迎えられる。駅舎の正面にある小さな広場にも大きな赤鬼のオブジェがあり客の目を惹く。

164 空撮で写る
駅舎と温泉地

(2016・10・19)

空撮の　写真で探す　温泉地

　駅を通過する線路の東側は田園地帯、西側は山
地になっている。駅はホーム1面1線でホーム南端
に車掌車改造駅舎がある。駅の西方向徒歩約3分
のところに温泉施設があり空撮写真に小さく写る。
2020年線路の廃止に伴い駅も廃駅の運命にある。

165 廃駅でも残った
温泉施設

(2012・9・29)

駅は消え　温泉残り　コロナ年

砂利で固めた1面のホームに棒線が延びていて、線路の東側に車掌車改造駅舎がある。駅の南側にある道路を西に進むと温泉施設がある。この駅の北隣の駅は名前も駅舎も兄弟駅のような駅がある。駅のある路線が2020年に廃線となり駅も消えた。

166 歩いて行ける 温泉施設のある駅

(2014・10・8)

温泉の　案内ありて　駅広場

相対式と島式ホーム２面２線を有し、ホーム間に跨線橋がある。木造駅舎は建て替えられ、長方体のシンプルな建物になっている。駅前に広場があり、広場の横に電話ボックスがある。駅から11時方向に10分程直線道路を歩くと温泉施設がある。

167 駅前広場に温泉郷の
門看板のある駅

(2014・10・8)

駅前に 温泉郷の 門看板

　駅前広場から東の方向に駅前通が延びていて、通りに門のような温泉の看板がある。温泉地の駅であり、温泉郷は駅前の市街地から離れて駅の南東方向にある。油が混じった温泉で皮膚病に効くと言われている。駅は2面2線の簡易委託駅である。

(2013・3・15)

温泉と　馬鈴薯の地に　駅のあり

駅舎の看板に「○○温泉下車駅」とあるように
温泉地としても知られる土地にある駅である。相
対式ホームで２線を有し、ホーム間に構内踏切が
ある。線路を跨いで駅の南北をつなぐ自由通路が
見える。馬鈴薯の産地であり集荷貯蔵所が見える。

169 木材の運搬から
温泉客の脚となった駅

(2014・6・21)

木材の　運搬消えて　温泉客

　　駅舎の屋根に温泉郷への歓迎看板が見え、温泉
地への玄関口でもある。単式と島式の2面のホーム
に3線がある。ホーム間には跨線橋がある。島
式ホームの南側に木材置場が見える。かつてこの
駅からの引き込み線で木材の鉄道輸送が行われた。

170 駅舎横で足湯が
楽しめる駅

(2014・1・25)

旅行客　足湯でしばし　憩うなり

　難読の町の名前と町の玄関口の駅の名前が異なっている。以前は一緒の名前であったけれど、観光客にアピールする名前に変えた。ホームは２面３線で跨線橋がある。駅正面の横に「ぽっぽ湯」の足湯があり旅行客が足で温泉気分を味わっている。

171 伝統芸能が描かれた
マンホール

(2013・10・5)

駅横で　伝統芸能　奴振り

　　線路は東西に延び1面1線の駅で、駅舎は線路の南にあり、駅の南に市役所がある。市役所横の道路が南北に走り線路と交差し踏切があり、マンホールが見える。マンホールの蓋のデザインは「奴振り」でこの地方の伝統芸能として伝えられている。

172 マンホールの蓋で知る
町の位置

(2014・10・4)

駅前の　路面で確認　町の位置

> 駅名は町の名前と同じである。その町の名前は
> 古事記から採られている。2016年からは道内最西
> 端駅になった。駅前にマンホールがあり、蓋に北
> 海道の地図と地球儀が描かれ、町の位置が星で示
> されるデザインとなっている。駅は無人駅である。

173 市章のデザインの
謎解きをする駅前

(2014・10・25)

謎掛けの　市章は「口」の字　六つなり

　　港に面して貨物を扱う駅が出自であったため、
その名残で駅構内は広い。しかし、現在は貨物の
取り扱いを行っていないため、島式ホーム1面に2
線のみである。跨線橋がある。駅舎の北を国道が
走り、市章がデザインされたマンホールが見える。

174 市の鳥、花、木が
デザインされたマンホール

(2018・4・10)

カワセミを　舗道で見つけ　写真撮る

　　相対式2面のホームと2線を有した橋上駅である。西口にガラス張りの空中歩廊がつながっている。歩廊を下りた歩道にマンホールがあり、彩色蓋絵にカワセミ、スズラン、イチイ（オンコ）がデザインされている。それぞれ市の鳥、花、木である。

175 音楽が流れる図が
   ある駅前

(2012・12・13)

列車来ず　役目果たせぬ　駅舎かな

　以前は車掌車改造駅舎であったものがログハウ
ス風駅舎に一新した。しかし、列車は2015年より
運行しておらず、駅舎の役を果たせないでいる。
駅前の通りのマンホールの蓋絵にはレコードから音
楽が流れ出すイメージ図がデザインされている。

(2014・9・5)

通学の　児童の足元　旧町名

　　南北に延びる線路と並行して駅前を通過する道路がある。道路の歩道にマンホールを見ると合併前の旧町名が記されている。機関区があった大きな駅で、単式と島式の2面のホームと4線を有し、ホーム間に跨線橋がある。2路線が乗り入れている。

177 路面に雪だるまの
デザインを確認する駅前

(2014・4・8)

駅舗道　町の名物　雪だるま

　相対式ホーム２面に２線でホーム間に跨線橋がある。跨線橋と並行に人道橋もある。対称形の駅舎前の舗道にマンホールの蓋が見え、雪だるまがデザインされている。これは同町の郵便局から雪だるまを全国に配達するサービスに由来している。

178 マンホールに見る
産業の変遷

(2014・9・21)

産業の　変遷示す　星座かな

広い構内の駅はかつて運炭で活気のあった歴史を偲ばせる。線路は北西から南東に延び、直角方向に駅前広場がある。広場端に星座をデザインしたマンホールがある。さそり座で星の降る里の惹句も見える。産炭地から観光都市への変身である。

179 ロケ駅と同居する現実駅

(2014・9・6)

緑屋根　ロケ地に残る　架空駅

　カヌー遊びがデザインされている蓋のマンホールの南東方向に緑色の屋根の木造駅舎が見える。駅長を主人公にした物語りの映画の撮影のために造られた架空の駅の駅舎である。ここに実際の駅舎が同居している。駅は1面のホームに1線である。

180 駅前の路面で
確認する町の産業

(2013・3・15)

駅前の 路面で知りて ワイン町

線路の北側は田園地帯、南側に駅舎と市街地が
広がる。駅は島式ホーム1面に2線で、ホームに
渡る構内踏切がある。駅前の歩道にマンホールが
あり、蓋絵はブドウ、ワインボトルとグラス、ワイ
ン醸造所の建物が描かれ路面上で町の産業を知る。

181 駅前の路面で知る 町の自然

(2013・3・15)

駅前の　路面に飛びて　町の鳥

　　線路と並行している国道から折れる道が駅広場につながっている。駅舎はガラス戸に波型鉄板屋根が目立つ小さなものである。ホームは2面3線で構内踏切がある。駅前道路にマンホールがある。アオサギ、ナナカマド、ハマナスが描かれている。

182 コンテナ横の路面で 見つけた鶴

(2013・3・14)

コンテナの　横に飛び行く　鶴の見え

　　幹線道路に接して島式ホームへ渡る跨線橋の出入り口がある。駅名は製紙会社に由来する。貨物主体の駅で道路脇にもコンテナが並べられている。コンテナの横の路面にマンホールの蓋が見える。蓋絵には飛ぶタンチョウがデザインされている。

183 文学館及び図書館と
同居する駅

(2014・6・21)

文学の　道を通りて　駅舎なり

　ガラス張りの堂々とした建物を目にして、これが駅舎とは思えない。それもそのはず文学館及び図書館との併設施設である。駅前広場の南西にも広場があり文学の道が冠されている。その道にマンホールがあり蓋に網走土木現業所の文字が見える。

184 ラベンダーの蓋絵を 見つけた駅前

(2014・8・1)

駅舎見て　ラベンダー蓋絵　写したり

　　線路と並行した道路が南北に延び、道路の西側に駅への出入り口がある。道路にマンホールがあり、蓋にLAVENDER TOWNの文字がある。広場から階段を上り駅舎となる。駅は相対ホームの2面2線である。ホーム間は跨線橋でつながっている。

185 市の木のナナカマドを
　　　路面に見る駅前

(2014・11・8)

ナナカマド　地面にありて　市の木なり

　デッキのホーム1面に1線の駅である。ホームの上に待合所がある。駅の周囲に駐輪している自転車が多いのは、高校生の通学用のためらしい。駐輪場のようになった場所にマンホールがあり、市の木のナナカマドの葉と実がデザインされている。

186 南に工業団地の
　　　広がる駅

(2014・8・23)

田園と　工業団地　狭間駅 <ruby>狭間<rt>はざま</rt></ruby>

　南北に走る道路に線路が斜めに横切り、踏切がある。踏切近くの歩道にマンホールがある。駅はマンホールの東方向にあり、デッキのホームに棒線が延びている。駅の出入り口のところにブロック造りの待合室がある。駅の南に工業団地が広がる。

187 路面のマスコット
キャラクターから見た駅

(2013・8・13)

町名の　一字もらいて　風夢くん

　　駅舎は正面玄関上に明かり取りのドーム状窓がある。千鳥式ホームの2面2線で、跨線橋と人道橋が並行してある。駅前通りの歩道に、市と合併する前の町の町名から一字を採ったマスコットキャラクター「風夢くん」が描かれたマンホールがある。

188 町の資料館と
   同居する駅

(2013・8・12)

クビナガリュウ　道で泳ぎて　駅舎あり

　　駅は立派な建物に間借りした状態である。建物
は町の資料館になっている。この町はアンモナイ
トの化石等が産出するので、町のマンホールの蓋
絵にはアンモナイトとクビナガリュウがデザイン
されている。駅前通りにそのマンホールがある。

189 廃駅議論中に
現状維持の駅

(2013・8・12)

化石化か　マンホール彼方　駅舎かな

　　線路と道道が並行して南北に走り、駅前の出入
口で道道から東に折れたところに車掌車改造駅舎
がある。廃駅の議論があり今のところは現状維持
である。駅前通りと道道の交差点付近の歩道にマ
ンホールがあり、蓋絵は恐竜とアンモナイトである。

190 路面で知る
町の地理的位置

(2013・8・12)

マンホール　蓋絵の数字　町の売り

駅舎前の路面にマンホールがある。蓋にはこの
町の名前と擬人化された北海道がデザインされて
いて、頭の鉢巻きの結び目のところの位置がこの
町である。地理的な数字 45 が表示されている。
単式、島式 2 面に 2 線を有する駅で跨線橋がある。

191 廃駅後に記念看板が設置された秘境駅

(2014・4・27)

客の無く　ここも消えたり　秘境駅

　　駅待合所は線路の北側にあり、林に囲まれた駅前の道から待合所正面のパノラマ写真を撮ると秘境駅の雰囲気十分である。線路の南側に道道が走っていて、駅へのアクセスは南側からが容易である。この1面1線の駅は2019年3月に廃駅となる。

(2013・3・14)

廃駅の　波に呑まれて　信号所

　国道から道が分かれ、駅と周囲の数軒の民家に
つながる道がある。駅は2面2線で跨線橋がある。
かつては別の路線の起点駅でもあり、往時の写真
が駅舎内に展示されていた。2019年に廃駅で信号
所になり、廃駅日には200人以上が別れを惜しんだ。

193 消えてゆく
北海道の典型駅舎

(2013・3・14)

典型の　駅舎は消えて　信号所

　最初信号所で駅に昇格した。北海道の典型的な
木造駅舎であった。相対式と島式の２面のホーム
と２線があり、ホーム間に跨線橋があった。2017
年に再び信号所に戻り、翌年には駅舎は解体・撤
去された。駅周辺の廃屋の仲間入りからは免れた。

194 写真で記憶を辿る
木製デッキホーム駅

(2013・3・15)

廃駅や　全球写真で　過去を見る

　木製デッキのホーム1面に1線の駅で、線路と併走する幹線道路からは木製のスロープでホームに上がる。ホーム横に駅待合所があっが荒廃したため2014年に解体された。駅も2017年に廃駅となり、ホームは撤去され駅のあった頃の景観は消えた。

195 気動車が静態保存
されている廃駅

(2016・3・18)

廃駅や　現役人気　残りたり

　この駅の路線が1987年廃線となったため駅も廃止された。現在保存されている1面のホームに1線を有する駅で、残されたレールに上にキハ22型の気動車が静態保存されている。駅名が人気を呼び、駅名の入った切符が一大ブームを巻き起こした。

196 日に2回 列車の停まる駅

(2014・6・20)

日に2回　列車の停まる　駅は消え

2015年のダイヤ改正時点で停車する列車は1日1往復だった。山間部に木造の駅舎があり、駅の周囲に酪農家の建物があるだけで集落は無い。駅舎内の往復1回の時刻が書き込まれた時刻表を写真に収める鉄道ファンが訪れた。2016年に廃駅となる。

197 空港の近くにあっても
利用されなかった駅

(2013・3・30)

空港の　近くにありて　秘境駅

　乗降客の減少で2017年に廃駅となり信号場となった。駅としては単式と島式の2面のホームに3線を有していた。屋根のない跨線橋でホームがつながっていた。直線距離にすれば1Km少々のところに巨大空港の縁があっても、駅とは関係がなかった。

198 営業最終日に
取材した駅

(2016・12・4)

ゆるキャラが　駅長勤め　駅史閉じ

廃止される路線の終点駅に営業最終日に行ってみる。鉄道ファンに加えて鉄道関係者、マスコミ等々の人で混雑している。1面1線のホームにも人が並ぶ。この町のゆるキャラのマーシーくんも一日駅長姿で現れる。映画のロケの旅館も見える。

199 取材後1年経たずに
消えた駅

(2014・10・5)

取材後に　1年経たず　駅の消え

　　路線の廃線前には終着駅であった。単式のホーム1面に1線で到着列車は折り返し運行。有人駅として道内最西端で、最西端駅は隣駅の無人駅である。駅舎は高い場所にあり西に海を臨み見晴らしが良かった。路線の一部廃止により2014年5月に廃駅。

200 廃駅後
定点となった駅

(2013・10・4)

写真撮る　鉄ちゃん撮りて　駅施設

　新幹線の通過のため 2014 年に廃駅となり定点として地図に記される。駅の時は 2 面 2 線で特急が停まり、申し込みをして有料で駅に降り見学ができた。ホームを見学してからトンネル記念館見学のコースが組まれていて、見学者が写真を撮っていた。

　本爪句集は第40集の「爪句＠クイズ・ツーリズム—鉄道編」の続編である。そして第40集は「クイズ・ツーリズム」シリーズの最初の第38集「爪句＠クイズ・ツーリズム」から数えて第2番目となる。したがって、本爪句集はクイズ・ツーリズムのシリーズ第3番目の位置づけとなる。

　クイズ・ツーリズムとは別に、これまで道内の駅を取材して爪句集にまとめており、函館本線（長万部駅−旭川駅）（第9集・第21集・第29集）、千歳線（第9集・第21集）、室蘭本線（岩見沢駅−静狩駅）（第9集・第21集）、石勝線（第9集・第29集）、札沼線（第9集・第29集）、日高本線（第21集）、根室本線（第25集）、釧網本線（第25集）、石北本線（第27集）、宗谷本線（第27集）、留萌本線（第29集）、富良野線（第29集）として出版している。

　しかし、函館本線（函館駅−中ノ沢駅）、今は廃線になった木古内駅−江差駅を含む江差線（現電南いさりび鉄道）の爪句集は出版の機会を逃していて、クイズ・ツーリズムの鉄道編1でこれら

の未出版駅を一部取り込んでいる。本爪句集は鉄道編１となるべく重ならない駅を選ぶ方針にしたけれど、かなりの部分で重なっている。重なっていても、駅の違った景観を選んで撮影しているので、同じ駅でも随分と異なって見え、クイズの問題としての重複は避けられていると思っている。

それにしても近年の北海道における廃路線・廃駅は凄まじい。全道の駅のパノラマ写真取材を開始した 2012 年頃には 465 駅あったものが、廃予定のものを入れると現在 400 駅を切るまでになって来ている。全球パノラマ写真で取材駅が記録されているパノ鉄本舗（http://www.panotetsu.com/）のサイトを公開しており、多くの駅が消えてしまった今となってはこのサイトにある駅は北海道の駅の貴重な記録になっている。

前記パノ鉄本舗の取材斑は著者の他に札幌の福本工業社長の福本義隆氏、社員の山本修知氏、東京の NIPPO 執行役員の和田千弘氏がメンバーとなって全道の駅巡りを行った。本爪句集の出版直前にも廃線問題が持ち上がっている留萌線のΩカーブで列車の空撮を行っている。記録の意味も込めてこの「あとがき」にその時の空撮写真を載せて、列車の走っている場所がどこかを本爪句集

の最後の問題としておく。

クイズ・ツーリズムのアイデアが多数の読者を獲得しているのか、あるいは獲得するのかは心もとないものがある。著者が面白いと思っていても他人からみればいわゆる"オタク"の世界の謎かけ遊びに過ぎないのかもしれない。しかし、前述とも重なるけれど、鉄道駅の資料としての価値はあるものと思っている。豆本に類する著作物なので、旅行に携帯するにも苦にはならないだろう。旅行者が持ち歩く爪句集のQRコードがスマホに読み込まれ、全球パノラマ写真に表示して見てもらえる事もあろうかと、期待を膨らませている。

最後に出版に際しては㈱アイワードと共同文化社にお世話になっており、関係者にお礼申し上げる。毎回の爪句集出版を陰ながら支えてくれている妻には、今回も又感謝の言葉を記しておきたい。

追記しておくと、本爪句集出版はこれまでの爪句集出版と同様にクラウドファンディング（CF）で出版費用の一部を捻出している。CFに毎回支援されている方や今回初めて支援者として加わった方がおられる。これらの支援者方々のお名前をこの「あとがき」の最後に記してお礼としたい。

（2020・10・18 撮影）

Ω（オメガ）字の　カーブ通過の　列車見え

クラウドファンディング支援者のお名前

（敬称略、寄付順、2020年10月31日終了）

三橋龍一、高橋俊輝、高橋 淳、高橋ノブコ、
相澤直子、サトウ マサノリ、滑川知広、柿崎保生、
小笠原 駿、浅山正紀、横内龍三、高坂克己、劉 真、
中村 博、ak

畑駅

43 上川町東雲駅
44 遠軽町生野駅
45 北見市西留辺蘂駅
46 旭川市東永山駅
47 比布町北比布駅
48 増毛町信砂駅
49 増毛町朱文別駅
50 上ノ国町宮越駅

VI 跨線橋のある駅

51 木古内町泉沢駅
52 七飯町七飯駅
53 七飯町池田園駅
54 豊浦町豊浦駅
55 白老町虎杖浜駅
56 札幌市ほしみ駅
57 札幌市発寒中央駅
58 岩見沢市志文駅
59 夕張市滝ノ上駅
60 美唄市茶志内駅
61 旭川市永山駅
62 旭川市西神楽駅
63 旭川市桜岡駅
64 当麻町当麻駅
65 北見市北見駅
66 美幌町美幌駅
67 清水町御影駅
68 芽室町芽室駅
69 浦幌町浦幌駅
70 清里町清里町駅

VII 跨線橋

71 函館市五稜郭駅
72 共和町小沢駅
73 小樽市塩谷駅
74 白老町萩野駅
75 滝川市東滝川駅
76 赤平市赤平駅
77 幕別町幕別駅
78 旭川市新旭川駅
79 富良野市富良野駅
80 士別市士別駅

VIII 人道橋・自由通路の
    ある駅

81 北斗市茂辺地駅
82 蘭越町昆布駅
83 札幌市星置駅
84 白老町北吉原駅
85 苫小牧市沼ノ端駅
86 由仁町由仁駅
87 岩見沢市上幌向駅
88 白糠町白糠駅
89 釧路市東釧路駅
90 浦河町浦河駅

IX 1面ホームと棒線駅

91 苫小牧市勇払駅
92 新ひだか町春立駅
93 新ひだか町日高東別駅
94 岩見沢市栗丘駅
95 旭川市北永山駅
96 比布町南比布駅
97 豊富町徳満駅

あとがき
　　留萌市峠下駅と沼田町
　　恵比島駅の間のΩカー
　　ブを走る列車

著者：青木曲直（本名由直）（1941 〜）

北海道大学名誉教授、工学博士。1966 年北大大学院修士修了、北大講師、助教授、教授を経て 2005 年定年退職。e シルクロード研究工房・房主（ぼうず）、私的勉強会「e シルクロード大学」を主宰。2015 年より北海道科学大学客員教授。2017 年ドローン検定 1 級取得。北大退職後の著作として「札幌秘境 100 選」（マップショップ、2006）、「小樽・石狩秘境 100 選」（共同文化社、2007）、「江別・北広島秘境 100 選」（同、2008）、「爪句＠札幌＆近郊百景 series1」〜「爪句＠西野市民の森物語り series44」（共同文化社、2008 〜 2020）、「札幌の秘境」（北海道新聞社、2009）、「風景印でめぐる札幌の秘境」（北海道新聞社、2009）、「さっぽろ花散歩」（北海道新聞社、2010）。北海道新聞文化賞（2000）、北海道文化賞（2001）、北海道科学技術賞（2003）、経済産業大臣表彰（2004）、札幌市産業経済功労者表彰（2007）、北海道功労賞（2013）。

≪共同文化社　既刊≫

〔北海道豆本series〕

爪句 1-3
本体価格 381円

爪句 4-35
本体価格 476円

**36 爪句@マンホールの
　　ある風景 上**
P232（2018-7）
定価476円＋税

37 爪句@暦の記憶
P232（2018-10）
定価476円＋税

38 爪句@クイズ・ツーリズム
豆本　100×74㎜　232P
オールカラー
（青木曲直 著　2019-2）
定価476円＋税

**39 爪句@今日の一枚
　　　　　-2018**
豆本　100×74㎜　232P
オールカラー
（青木曲直 著　2019-3）
定価476円＋税

**40 爪句@クイズ・ツーリズム
　　　　　-鉄道編**
豆本　100×74㎜　232P
オールカラー
（青木曲直 著　2019-8）
定価476円＋税

41 爪句@天空物語り
豆本　100×74㎜　232P
オールカラー
(青木曲直 著　2019−12)
定価 455 円+税

42 爪句@今日の一枚
　　　　─2019
豆本　100×74㎜　232P
オールカラー
(青木曲直 著　2020−2)
定価 455 円+税

43 爪句@365 日の鳥果
豆本　100×74㎜　232P
オールカラー
(青木曲直 著　2020−6)
定価 455 円+税

44 爪句@西野市民の森物語り
豆本　100×74㎜　232P
オールカラー
(青木曲直 著　2020−8)
定価 455 円+税

北海道豆本 series45

爪句@クイズ・ツーリズム― 鉄道編 2

都市秘境100選ブログ http://hikyou.sakura.ne.jp/v2/

2020年11月17日 初版発行

著 者 青木曲直（本名 由直）

企画・編集 eSRU 出版

発 行 共同文化社 〒060-0033 札幌市中央区北3条東5丁目
TEL011-251-8078 FAX011-232-8228
http://kyodo-bunkasha.net/

印 刷 株式会社アイワード

定 価 本体455円＋税